林豪鏘 陳克華 合著 / 林豪鏘 繪圖

在這個由科技主導的時代中，透過這本詩集，我們不僅看到了詩的新可能，

也見證了人類情感與機械智慧之間的對話。

這是一次前所未有的創造性探索，也是對當代科幻文學的一次深刻致敬。

讓我為你解釋， 你為什麼沒有肚臍？

目錄

序——林豪鏘 ··· 004

序——陳克華 ··· 006

林豪鏘   009

陳克華   037

一‧微光——尼斯湖水怪頌 ·· 039

二‧失眠者 ·· 045

三‧星球涅槃——為好奇號登陸火星而寫 ······················ 053

四‧香草冰淇淋天空下 ··· 057

五‧機場理想國 ··· 061

六‧寫給複製人的 12 首情歌
　　——兼致意菲利普‧狄克（Phillip Dick） ·················· 065

七‧星球紀事（1980~1982） ·· 123

八‧時代巨輪 ··· 219

九‧文明斷片 ··· 221

十‧人類為什麼看不見外星人 ·· 225

十一‧與外星人密談 ·· 229

十二‧我撿到一顆頭顱（節錄） ·· 241

十三‧鈲實驗 ··· 245

在我的青春時期，便已是陳克華
的忠實追隨者與鐵粉。當時覺得他的風格很獨
特，而年長後再讀，發現更能深入理解他的詩。除了
讚歎，甚至還會感動到失聲痛哭。現在能為他作畫出圖，
感覺十分榮幸；而能與他共同出版一本詩集，更是無比夢幻。
去年，我有幸出版了全球華人第一本人類與 AI 圖文共創的詩集
《失眠是一種漸進式》，這份成就讓我感覺彷彿得到了老天爺的
眷顧。如今能持續創作與出版，更是幸運。當我翻開這本詩集
的第一頁，那份真摯而強烈的感動油然而生，它不僅是我年
輕時閱讀他詩作的延續，更是與當下 AI 時代的完美結
合。這樣的具象呈現，甚至讓我自己都感到驚奇
莫名。

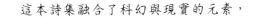

這本詩集融合了科幻與現實的元素，
打造出一個又一個獨特的敘事空間。從對尼斯湖水怪
的微光頌歌，到深夜失眠者的困境，再到火星登陸所帶來的星
球涅槃，每一首詩都帶領讀者進入一個超現實的世界。這是一次跨
越現實與虛構的詩歌之旅，每一頁都是對未來世界的想像與反思。

　　此詩集不僅是文字的藝術展現，也是科技與文學融合的實驗。透過 AI
的協助，我們探索了詩歌創作的新境界，將傳統詩意與現代科技巧妙結合。每
一首詩不僅是對抗現實的一種逃避，也是對未來可能性的一種期待。從人類的
孤獨感到對機械複製人的哲學思考，這本詩集提供了一個多層次的情感與思
想體驗。

　　在這個由科技主導的時代中，透過這本詩集，我們不僅看到了詩
的新可能，也見證了人類情感與機械智慧之間的對話。這是一次
前所未有的創造性探索，也是對當代科幻文學的一次深
刻致敬。

序

陳克華

1978 年受科幻小說《火星紀事》（今日世界出版社）的啟發，內心對同志情慾的摧折，遂有了「WS. 星球紀事」的創作。

洋洋灑灑寫了一千多行，得了文壇大獎，在副刊分四天連載時，高上秦先囑以畫插圖。我以製圖用的針筆畫在細卡紙上，總共畫了七、八幅，在報紙上逐天刊出，縮小之後加上紙張的關係，效果極差。

近四十年後的今天，AI 生圖已是指頭動一動的事，也在此時遇到簡中楚翹的林豪鏘大師，在斑馬線文庫高瞻遠矚的規劃下，遂有了合作一本科幻詩圖文集的想法。製作期間，看到鏘鏘大師彷彿信手拈來的幀幀不可思議的畫面，一面想起當年手繪插圖的窘境，這才深感何謂科技的「一日千里」。

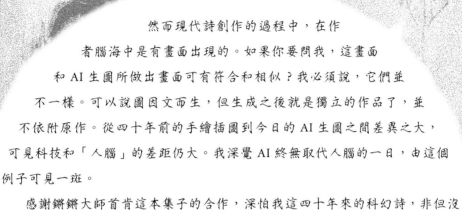

　　然而現代詩創作的過程中，在作
者腦海中是有畫面出現的。如果你要問我，這畫面
和 AI 生圖所做出畫面可有符合和相似？我必須說，它們並
不一樣。可以說圖因文而生，但生成之後就是獨立的作品了，並
不依附原作。從四十年前的手繪插圖到今日的 AI 生圖之間差異之大，
可見科技和「人腦」的差距仍大。我深覺 AI 終無取代人腦的一日，由這個
例子可見一斑。

　　感謝鏽鏽大師首肯這本集子的合作，深怕我這四十年來的科幻詩，非但沒
有給予他生圖更豐沛新奇的想像，反而侷限了他原先天馬行空的想像。科幻詩
在台灣文壇原本就是邊緣的邊緣，寄望這樣圖文互涉（而且中介竟然是人工
AI）的方式，能提升並推廣更多讀者對科幻詩的興趣和注目，該也是功德
一件。

　　謝謝鏽鏽大師的辛苦投入，也感激出版社的大力促成。

　　期待一次　圖／詩交擊而出的璀璨火花！

2024，4，24

● 作者簡介

林豪鏘

熱愛寫詩、畫畫、追劇、看抖音、上臉書唉居。他是國立清華大學資訊科學博士，目前擔任國立臺南大學數位學習科技系教授兼系主任、國科會學門複審委員、教育部數位學習認證複審委員、教育部因材網藝術領域課程主持人、數位藝術與互動設計實驗室主持人。曾擔任國立臺北商業大學創新設計學院院長、臺灣科技藝術教育協會理事長、臺灣科技藝術學會副理事長、國科會主題研究群召集人。

在此之前，他曾先後擔任學務長、資訊長、造形藝術所所長，對於資訊科技與數位內容的整合，具有不錯的實務經驗。他目前為中華民國資訊管理學會理事，曾獲工程教育傑出研究獎、資訊學會渴望資訊文化獎、國科會研究獎勵傑出人才獎，並入選世界頂尖資訊領域臺灣百大科學家。曾多次在各種藝術展演擔任參展藝術家、評審、導覽專家、策展、影評人等等。其數位藝術作品【你今天的味道是？】【意念誌】在頂尖的臺北數位藝術節與臺北數位藝術中心展出。發表著作達 477 篇，並且其中含 87 次藝術創作展演，並出版了全球華人第一本人類與 AI 共創圖文詩輯《失眠是一種漸進式》，登上博客來排行榜榜首，被聯合報、自由時報等媒體全國版報導，並獲中廣主持人蘭萱專訪。林教授演講次數超過 578 次，相關媒體報導超過 80 次，具社會影響力。

010 ▪ 讓我為你解釋，你為什麼沒有肚臍？

1.

他們散發出
約定好的
沉默的光。

2.

他的心
是用纖絲一針一線編織而成的
非常溫柔，無比細膩
宛若滿載賽博格之軀的希修斯之船
重組機械細胞與幻夢碎片
無所謂疏離

■ 讓我為你解釋，你為什麼沒有肚臍？

3.

回憶裏空蕩蕩
只有尚未調色的顏料
凝結現實中的寂寥

向左向右
抹出一條一條不連續的線條
與世界聯繫的媒介
看似如此渺小

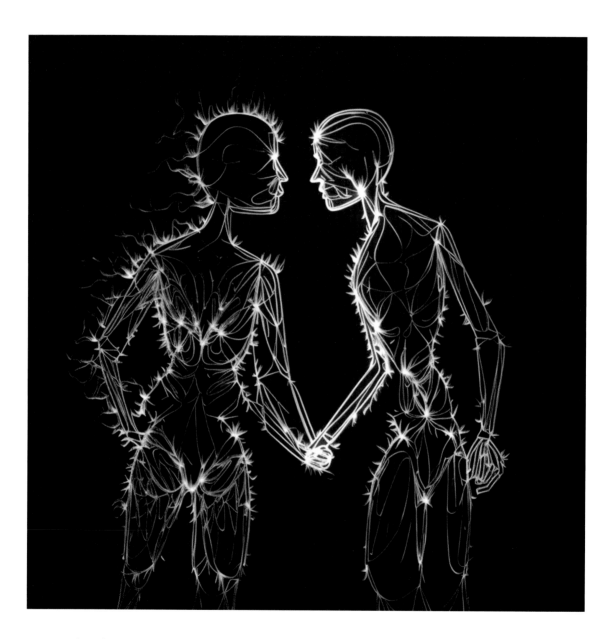

016 ■ 讓我為你解釋，你為什麼沒有肚臍？

4.

我們的情節
被彼此過度檢視
顯微觀點
破壞了原有的形構

▪ 讓我為你解釋，你為什麼沒有肚臍？

5.

你用矛盾邏輯論述了所有具攻擊性的現象
我在回憶洪流中撿拾點滴脈絡

6.

他們將我對你的想念，
稱為自然書寫。

▪ 讓我為你解釋，你為什麼沒有肚臍？

7.

兩人的關係根植於價值的渙散
對話的過程遞轉為意義的逸失

▪ 讓我為你解釋‧你為什麼沒有肚臍？

8.

文字吞吐，但句意俐落
時間的推進
詮釋了生命的真誠

▪ 讓我為你解釋，你為什麼沒有肚臍？

9.

適應
是種意外相遇的配方
頂住你凝滯的天空裏
降落不了的雨滴

10.

這種純粹性，
正是我超現實主義的書寫方式。

11.

自此經行侷促，
若有所思，
拒不聽雨。

▪ 讓我為你解釋，你為什麼沒有肚臍？

12.

一個人
往往無法獨自構成所謂對與錯
兩個人
卻總是不願對不存在的真相共同承擔

▪ 讓我為你解釋，你為什麼沒有肚臍？

13.

「洞悉了所謂的幸福之感」，我驚愕發現，
是一種莫可名狀的喜悅，值以令人拆卸多餘的思考。

● 作者簡介

陳克華

男，1961 年生於臺灣花蓮。祖籍山東汶上。畢業於台北醫學大學醫學系，美國哈佛醫學院博士後研究。日本東京醫科齒科大學眼科交換學者。曾任台北市榮民總醫院眼科部眼角膜科主任。

創作範圍包括新詩、歌詞、專欄、散文、視覺及舞台。曾任現代詩復刊主編。現代詩作品及歌詞曾獲多項全國性文學大獎，出版五十餘冊文學創作，作品並被翻譯為德、英、日、韓、西等多國語言。並出版日文詩集：《無明之淚》，德文詩集《此刻沒有嬰兒誕生》。有聲出版「凝視」（2006）及「日出」（2017）。（巨禮，詩歌吟唱）。歌詞創作一百多首，演唱歌手從蘇芮、蔡琴、齊豫，到張韶涵及趙薇。近年創作範圍擴及繪畫、數位輸出、攝影、書法及多媒材。

一 · 微光——尼斯湖水怪頌

當他們忙於將潛水艇駛入湖中
偵伺你於濁泥黑藻間的棲息
我獨欣賞你名字裡的「怪」字
凝視相片裡那波光粼粼中長長拔起的頸頂
曲線昂然傲視人類

然後，然後徹底消失——
留下啞然的片刻
——然而我知道你
你的名字裡有個怪字
你不過是苟活　賴活　倖活過侏儸紀
的一隻爬虫

然而你仿然全部明白
今生你存在地球的**至高了意**——
（人間庸俗化的一則提醒）
世界之外另存世界
洞天之上別有洞天　的明證；甚至

是生命可以**獨活**的正面教材

理性斥你為無稽
但其實是無法忍受你的自得自洽
人類欽羨你遺世獨立
不屑踩過生命地圖裡
被過度踐踏的路徑——

那一路想像折斷，驚奇絕跡
乾燥無味的風景
路上的人類靈魂萎頓而猥瑣
黑白照片裡你形影模糊
如同所有被鑿鑿指認的**顯靈聖像**

證據薄弱
但震撼人心

且不容置疑——
你，你正是人類被科學洗腦後的

神

我只需在電腦裡叫出
你半世紀前的驚鴻一瞥——

你便也永生於網路
悠然洄游於每一台電腦終端機之間
像標誌地球靈性進化的里程碑——
你是光
你是夢
你是現代人靈魂壅塞處的一絲罅縫——

我從潛望鏡裡透過微弱天光
凝視鬼影幢幢的湖底
那沉澱著過多時光皮屑的死水
我知道你睜睜圓亮的眸子
躲過所有人類製造的鏡頭
你在所有對你視而不見的瞳孔裡
逐漸沉降，消失
身後迤邐一條長長的背脊與水紋……

你的長頸探進人類最深的夢
微光夢中我伸手向你：
謝謝你，尼斯湖水怪
你讓我還在心裡保留了一塊
原始處女地——

人類未曾染指

眾神與萬物，星球與精靈

都還在那裡生養棲息

成長壯大。

2011/8/7

2023，12，25

注：1934 年 4 月 21 日，英國《每日郵報》以頭版刊出一張「獨家照片」，是史上第一張公開
　　被媒體報導的「尼斯湖水怪」，只見波光粼粼的水面，突出一個長長的頸子，讓這個在蘇
　　格蘭流傳超過千年的未知生物聲名大噪。不過 60 年後、1994 年，一名參與拍攝的男子卻
　　在臨終前宣稱，他和父親假造了這張照片，也破解了這張照片的傳奇故事。

二・失眠者

那裡有一個**睡眠遭竊**的人。連帶的損失
是他的夢。他向失物中心報案
那裡有太多無主待領的睡眠
他認不出哪個是他的——

「每個睡眠都有他特有的**質地**，色澤，或紋路……」
但他認不出他的睡眠：「對不起，
當時我一定是睡著了。」於是

他走入助眠膠囊總部大樓
領取一些引他入睡的藥丸
睡眠中他與昔日的睡眠重逢
他擁著他輕輕地哭了

但隨及發現這位久睽的睡眠**是贗品**
逼真至無法辨認的複製人：「你，你，你不是
我的睡眠……」他失聲
大叫，痛哭：「你來找我做什麼？」

「我也不知道我為什麼會出現在這裡！」
睡眠說：「是你的膠囊召喚我來的──
你可以隨時召喚我
就像隨手打開電視
或你的 iPhone 一樣即是
──我的億萬個分身
隨時恭候您的差遣……」──

他如惡夢中醒來
但夢如隱形的鹽
溶入了他淡而無味的白日
他　和其他億萬個失眠者
同時進進出出那座膠囊大樓──
他開始認得每一顆膠囊的質地，色澤，紋路
每一顆睡眠複製人的個性，表情，體味
和抱起來的感覺：

「原來睡眠有這麼多種……」他興奮地揣想
並暗中期待更多陌生的夢中相逢
在每個按時入眠的夜──
並完全遺忘了他原有的睡眠
照著鏡子時發現鏡子裡空無一物

：「我成了鬼魅或吸血鬼之類的了嗎？」他摸著鏡子想

感覺像摸著每個**睡眠複製人**冰滑的小腹：

我的睡眠一定也有個他自己的樣子

只是我從來不曾認出罷了！

——當他從一個又一個陌生的睡眠醒來

像從一個又一個陌生人的懷裡醒來

帶著厭惡自己的心情

開始又一天妓女般的生活——

他重新意識到他原是一個遺失睡眠的人（失眠者）

或者，（更糟的是）或許

他根本是**還留在原來的睡眠裡**

而 今　生　如　夢，

「大錯，」他猛然醒悟：「是**今生是夢**，」

因此他（和其他億萬個失眠者）

根本是還停留在原來的

睡眠裡當然

無法再睡入**另一個睡眠**只好

▪ 讓我為你解釋，你為什麼沒有肚臍？

借助膠囊睡眠人的擁抱入眠

——於是他興奮地奔入膠囊大樓大聲疾呼：
我　發　現　了　真　理　！

大廳櫃檯的小姐花容失色警衛表情嚴峻
「我們根本還活在昨天的夢還沒醒來……」他對著
其他失眠者大喊：
「我們只要醒來當能繼續入睡……」

（我　們　只　要　醒　來
當　能　繼　續　入　睡）

接著他頓時陷入昏迷，一種他從未
經歷過的睡眠，深入而完整的新型超級睡眠
完全陌生的睡眠複製人
打開他房門走進來
撫摸他的頭髮，吻他，喚醒他：

「醒了？你病了好久了……」
他望著這全新的睡眠複製人的面孔
看見最新一代的睡眠

完全看不出任何破綻
像一位完美的情人，高大，英俊，深情

他自疑天下會有這等好事，但他聽見：
「你被敲昏後睡眠了好久，
膠囊大樓的**實驗部門**的主管們
曾企圖深入你的意識喚醒你……」睡眠複製人說。

這是夢嗎？如果是
是哪一個**睡眠裡**？如果不是
我又在哪一個醒裡？
又誰召來了這位睡眠？──

「來，」超級睡眠複製人說：「你必須跟著我來……
這樣

你才能**真正醒來**
你才能**繼續入睡**

」好熟悉的話語呵！他不自覺
和睡眠複製人手牽手
步出房間的門

門外只有光

（和所有迎接他的睡眠複製人）

像遇見所有死去的親人一般
他與他們相互擁抱，問候，喜極而泣——

「這裡是哪裡？」他問
「空間在這裡不重要。」

「現在是？」
「時間在這裡也不重要。」

「為什麼我會在這裡？」
「理由在這裡更不重要了。」

只有光。

一切只有光。

（原載於自由時報 自由副刊 2012 / 08 / 12）

▪ 讓我為你解釋，你為什麼沒有肚臍？

三・星球涅槃──為好奇號登陸火星而寫

走了八個半月終於得以拜見
與地球離散的這位兄弟
冷漠，紅色，低調
表情乾燥　未曾謀面的
親兄弟──和原先想像中的一點也不像

沒有猴面，地下金字塔，人工運河
或任何文明智慧留下的指紋
甚至不存在一滴水：

「地球怎會有一個如此**弱智而孤僻**的親戚？」所有人
內心都有相同的疑問：
不知是尚未進化
還是已**進入涅槃**──

荒荒相連的山脈與谷地
以密密麻麻如青春痘似的隕石坑
紀錄了宇宙誕生以來的時間
以及，從真空中無聲傳來

不斷回聲著的亙古邀約

：何不和我一起冥想？

由靈長類動物
而植物，而礦物
而塵　而光
而旋轉　而　靜
止……

（一如人類在火星表面所見）

2012/8/28
2012/11/1

▪ 讓我為你解釋，你為什麼沒有肚臍？

四・香草冰淇淋天空下

你大口大口吞下
你的飢餓，那時
整個天空泛著因過量紫外線
而呈現奇異的金屬質感：

「這個時代**嗜甜**...」你
同時摸索貯存在我身體裡的
一百種甜

冰淇淋店陳列的一百種口味
一百個特殊的名字
呼應著一百種特殊的口感——

「但我們只想嚐一下最樸素的香草，」
最接近**原始概念**的冰淇淋
的甜——但此際天空開始溶化

地球上每一顆冰淇淋也像
地球本身那般溶化——那時

我們都熱戀中情人般沉溺於
整座天空
崩垮下來的巨大的甜

因此蒼蠅般
動彈不得。

2013/6

2023，12，25

060 ▪ 讓我為你解釋，你為什麼沒有肚臍？

五·機場理想國

蓋得如同未來世界的科幻式建築
每個人都匆匆過客般
亟於飛行至 2066
或　更未來些

拖著全部家當——
廣廈千間，夜眠不過三呎
經濟艙；
良田萬頃，日食不過
兩頓飛機餐——

但所有可能的人種和語言
全都到齊了
這是宇宙號諾亞班機！——

人類文明還來得及
自動駕駛在平溫層之上
繼續演進至

足以心平氣和地
填好一張鉅細靡遺的

外星人入境表格。

2016，11，25 in Tokyo airport
2016，12，26

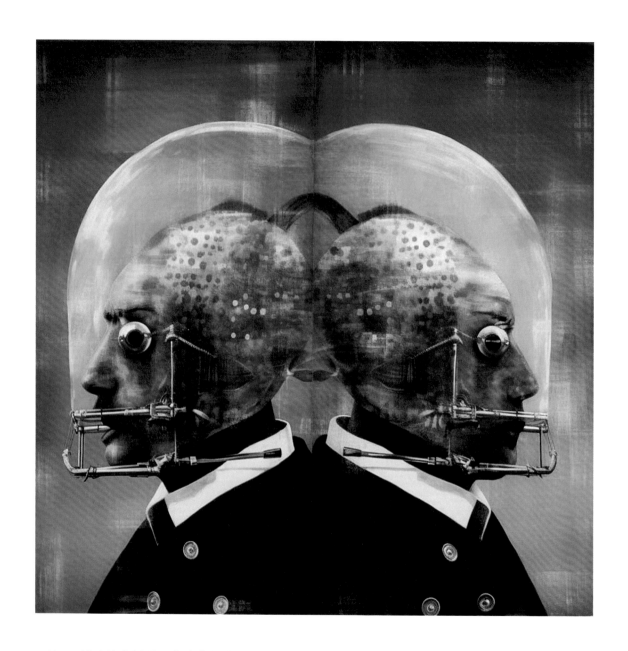

六‧寫給複製人的 12 首情歌——
兼致意菲利普‧狄克（Phillip Dick）

（序及 12 首詩）

序——與複製人密談

我，

我是不是複製人？

我睡前數的　是不是**複製羊**？——

當你停止追問我生命的意義

眼裡泛起黃昏　彷彿　可以滲透一切的夕陽

（如此漫長的黃昏呵　足夠讓一位嬰兒

衰老成下個世紀的先知）——

那將是個擅長抽搐，冥想，並素食

著大麻葉

而絲毫無感於**生命滄桑**的世代

獨自裝飾肉身　但集團分享性

只服膺靈感的人類

之人民公社——而我只能

能量微弱　地懷疑　並恐懼著
人類過往一切脫離天真與素樸　的努力——

（是的，想必你在我的瞳裡　看見你自己的
懷疑和恐懼——你愛我嗎？）

我們愛的究竟是誰？
解答並不在那本厚如電話號碼簿
的基因之書　只能聆聽密碼排列的詩句：
GATTACA
的絃外之音
震耳欲聾

但我們既矇又瞶
只能在彼此身上搜尋神性或魔鬼的印記
如換日線上潮汐退下所遺留　的單細胞生物
汲汲於複製　**一再複製**　自己——

但採取了一種迴避肚臍的方式，終於
我們高潮後的小腹

呈現鮭魚產卵後的　黃昏的顏色

溯源的路徑

來到水清無魚的境地

（——世界如此安靜，暗黑，一如沉浮於羊水中）

「關於羊水，對了，你還保留了些什麼印象？」

是的，你如此急切召喚

並種植不存在的記憶於荒涼夢境

縱身躍入人類並地球並這宇宙

巨大共業的洪流裡—

「你一定**還記得些什麼**？」你如是嚴酷逼問

而我只能緘默祈求一切

都能回到最初我們還沒做愛時的樣子

一切才剛要出發——

像嬰兒初次睜眼　迎接

子宮外的光——而今

只剩妄念——在妄念紛紛　散入大氣的黃昏裡

愛慾的星斗若隱若現

人類的足跡不斷被沖刷

在銀河一次恆久而盛大的**退潮裡**

（文明退到天際線人類視覺的極限處）

──那裡，我們將如兩尾相濡以沫的魚
在逐日乾涸的末日風景裡
追逐逐日浮出的

真相。

SECRET TALKS WITH A CLONE
(Preface to "Twelve Love Poems to a Clone")

Translated by John J.S. BALCOAM

I.

Am I clone?

Do I count cloned sheep before I sleep?

When you stop asking me the meaning of life

Dusk looms in my eyes, with sunlight that seems to permeate everything

— such a long dusk, sufficient for an infant

To age and become a prophet for the next century —

Destined to become a people's commune of eminent tics, deep

Meditation, devouring vegetarian

Pot leaves without the slightest concern for life's vicissitudes

Adorning the body alone while engaging in group sex

A humankind subjected only to inspiration —

But all I can do is

Weakly doubt while fearing

Mankind's past efforts to reject all that is simple and true —

Yes, you must see your own fears and doubts

In the pupils of my eyes, do you love me?

Who is it we really love? The answer is not contained in the book of genes

As thick as a phonebook

All that can be heard is a verse of secret code: GATTACA

Its deafening implication

But we are deaf and blind

Only able to find traces of the holy or evil on each other's bodies

Like the single-celled organisms left on the tide line of the Date Line

Eagerly reproducing and reproducing themselves again —

But adopting a method of avoiding the belly, in the end

After climaxing, our lower abdomens appear like salmon after spawning

the color of dusk

Tracing the source to a place of clear water and no fish

— The world is so tranquil, dark, like floating in amniotic fluid

"Regarding amniotic fluid, what impression do you retain?"

Sure, you're in such a hurry to summon

And plant non-existent memories in a barren dream

Leaping into a giant torrent of karma flooding the humanity the earth the universe —

"Certainly you must remember some things?" you ask in a severe tone

But all I can do is silently pray that everything

Can return to the very beginning before we made love

When everything was about to begin — as when an infant first opens it eyes

Greeting the light outside the womb — but today all that remains

Are absurd ideas, when absurdities are scattered in the atmosphere of dusk

The star of love is faintly discernible

The traces of humanity are continually erased

In the grand and eternal ebbing of Milky Way

Civilization recedes to a point at the limit of vision

— There, like two fish, we feebly help one another through

Day after day amid dried-up scenery

Day after day as it floats up we pursue

The Truth.

1. 來，我來教你愛

來，讓我來教你愛——

雖然你可能早已嫻熟　或根本
缺少這個基因——自從地球
第一百萬隻熊貓被成功複製
且不再吃素的那天起
我的手錶和人造衛星的軌道便同步行走
指引我每天在上班途中
做出不被追蹤的連續三迴轉——

是的，此刻愛必須極度密藏
且偽裝，像在喇嘛的甕中發現的
絕種銀杏的種子，我們埋在露台上
像暗自在公寓裡培植大麻
讓愛在時間裡祕密發芽，枝幹如肺葉向上膨脹
綠色血脈連通天空和地心——

是的，一如礦物不能覺察植物的愛
你亦無法感知人類
但布滿地球的銀杏如一句呼應天地的咒語

你也當呼應著愛

發出第一聲複製人的語言：

唵。

2. 你擁有和我一樣透明的唇

你擁有和我一樣透明的唇
一樣渾沌迷離的心
可以說出如人身一般　血肉豐滿的字語和音節
虛空一般纏繞而困頓的語調和氣息——

從你透明的雙唇之間我看見
如根糾結的血管和脂肪
和饑餓而強壯的，濕淋淋的
驍勇的舌——血管裡奔馳的血球

漬染著黝暗如冬葉的血紅素；
脂肪堆積如陰天的雲
因時代的風暴的逼近而
迅速下沉——

你靜默著，長久靜默著　讓我讀著你的唇
我看見佈滿細胞的天空瘋狂**下著精液**
是的，我讀懂了你如電腦螢幕的臉頰
初次浮現出人類的表情
來到人間的第一個感受——

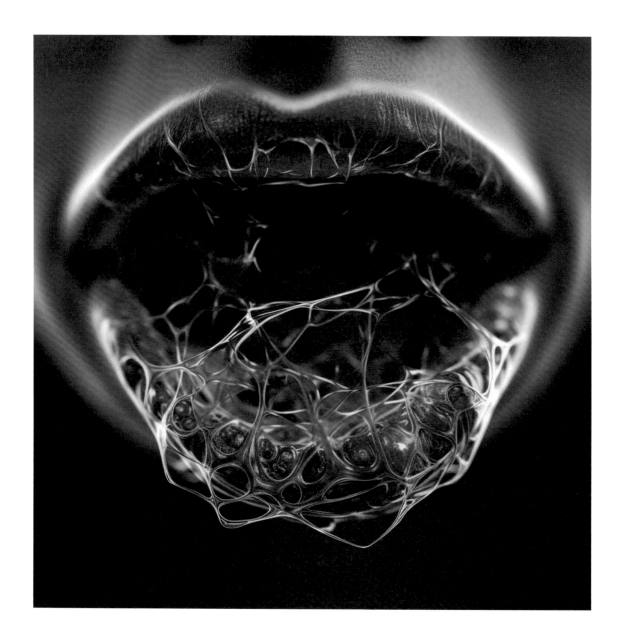

▪ 讓我為你解釋，你為什麼沒有肚臍？

當我不禁深深吻著你的時候
聽見你的唇這樣裂開
天與地　一般地裂開
說：

痛。

▪ 讓我為你解釋，你為什麼沒有肚臍？

3. 讓我為你解釋為什麼你沒有肚臍

請容我，讓我　為你解釋
為什麼你沒有肚臍——

一個如此可愛的凹陷
羞怯　畏寒　而敏感的傷口——我有
而你沒有；到底
是誰抹去這道神的戳記

或說動物的進化標幟

——但從此你無瑕的小腹　於我
是一種平坦而荒謬的奇蹟——當我
臉頰緊貼在你如浪起伏的腹肌
當我傾聽著你翻滾呻吟的腸道
感覺你缺乏子宮記憶的身體
像一座失去恆星的星系
癱軟，柔順，渙散

在滑翔天際的肋骨

084 ▪ 讓我為你解釋，你為什麼沒有肚臍？

與美草蔓生　溫暖低緩的恥尻之間
我反覆的閱讀因少了一個標點
而充滿歧義：

我愛你。

具體　確實
一如我的遺憾：

你不曾存在的肚臍。

4. 我原以為我們都是空的

我原以為我們都是空的
從你金屬鐫刻般的雙瞳望進去
我原期待會有某種**神諭般**的文字出現
像光年外的銀河盡頭
立在太空船墳場裡的碑文，那般古老而難解——

我原以為那就會是**宇宙將再次輪迴**的祕密
由無法分解的微粒子
而原子　而分子
而細胞　而人　而星河

而宇宙——都會在我們
給予對方一個**完美的凝視**時
曼陀羅般清晰而完整呈現

——但我看見了你如鏡的瞳孔
如鏽壞的鑰匙孔
那樣哀傷地空洞著：
我愛你。
因為我看見了

▪ 讓我為你解釋，你為什麼沒有肚臍？

你空掉的靈魂

和我空掉的靈魂

將在下一個倥傯動盪的輪迴裡

如明鏡對立

以及貫穿時空的

炯炯灼燒的盟誓。

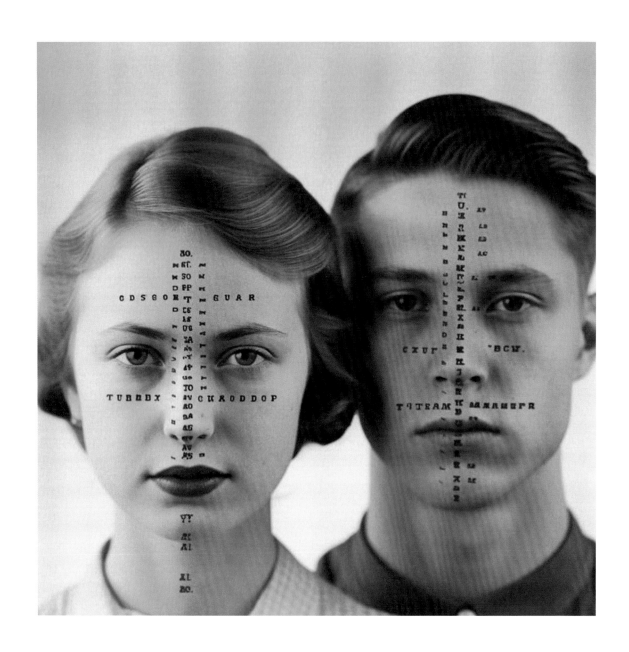

5. 你真的記不起明天我的樣子？

你是真的記不起明天我的樣子？
那應該是縫在你的 DNA 上的印記
你應該在第一次看見我時
便立刻記起我是你的昨日

昔在　現在與永在　的原作——
但你就以為我是你一份模糊不清的影印
一張字跡淡掉的傳真

（發訊的號碼未能顯示）

你將如愛你自己一般地愛我
像幼獸愛上第一次睜眼看見的
——驅使所有你能驅使的，你走近我
像打量著一道精心設下的陷阱
那般輕微困惑，又小心翼翼

又完全矇昧於命運
餘悸猶存地偷偷靠近
像靠近曾經捕捉過你的致命陷阱——而愛

愛在你耳邊呵氣
如舌鼓動：
撥開那層層偽裝，
看見你自己⋯⋯

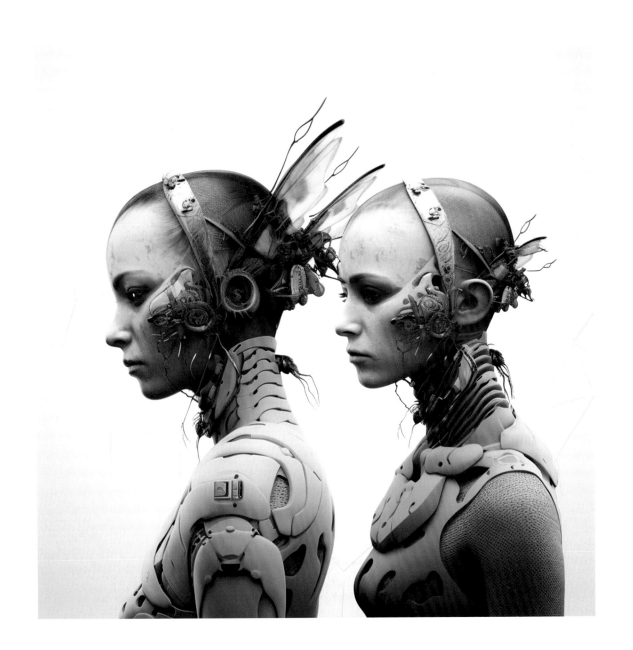

6. 其實你我並非唯一

其實你我皆並非唯一。但
我們一直都如此誤以為——
我們終不至在腋下或鼠蹊或腦後
發現自己的型號或編號——我們

是彼此的唯一但我們自己
卻並不是。宇宙像蜂蟻之巢
我們終日碌碌，辨識著生存
與生殖的標記並因此而無上
快樂著——請你不要因此否認

你並非唯一，在穿著制服的群眾間
我們背負著遙遠的欲望及多餘的口糧
工蟻般相遇著工蟻
工蜂般愛戀著工蜂
服膺著勞動與生殖，信仰著秩序和忠誠

——我愛你。我同時聽見
全宇宙間無數個
我愛你，沸沸揚揚地彼此複製

淹沒了
暗夜裡理應悄靜寒涼的
複製人複製的蜂巢。

7. 是刺青，還是胎痣？

是刺青還是胎痣？我看見
你蛻下衣物之後的裸體平原
山巒與幽谷，湖泊與天空——你說
你好想擁有一片**湛藍的刺青**卻甚至
無法擁有一道**湖青的胎痣**你

如此完美無瑕的裸體有如一片
不含任何阡陌的九月的小麥田
不容許外星人染指不承認
那一夜之間烙下的無數麥田圈
充滿高級數學物理定律或天文學意涵的聯想

或者神諭或者攸關人類生存的警語
或者
僅僅是一把打開與外星文明溝通的鑰匙

——但你，只是如此完美地裸體著
不負載任何肉體以外
任何文明的訊息：

我愛你

且已至深
容不下你我之間　如謎的一切
一片刺青一道胎痣或者一塊麥田圈
自我昨夜行過的阡陌
隱約浮現……

8. 但我看見了你背後洶湧如銀河

但我看見了你背後洶湧如銀河的
訊息和網路。你這樣蒼老地天真著
駁雜的無知　腥嗆的純潔著

善於藏匿網路的靈魂由螢幕
躍入每一顆充血的眼球，放大的瞳孔
再進入每一場大腦暢行於溟浩睡眠與
驚險的夢遊。你真的

真的是全世界整個宇宙業力洪流
的一個狹隘的出口——雖然，
每一個陷於子宮頸裡的嬰兒
也都是。但你這樣老練地出入於
你的我的廣大**集體潛意識**驚覺於
自己原是一顆多麼老舊的靈魂
垂涎於寄生如此新鮮
生猛的身體

並一再溫習著這**情緒**情緒
復情緒的人的一生——

你說一切一切你都還記得呵
一如網路之樹的無垠枝椏在伊甸園裡
結出了第一顆

無明的果實。

▪ 讓我為你解釋，你為什麼沒有肚臍？

9. 你只能使用你的身體一次

你只能使用你的身體一次
但你卻遺失過**身體使用手冊**許多次——
我密密麻麻標注過的
你的　**風大　火大**
水大地大的連結之處

你胎生卵生濕生化生交集之一瞬——你如此誤用
全知而又全然無知
你至美醜絕又不垢不淨的**身體**——
你是這樣迎向我的
存在細胞的記憶被喚醒，你的
我的，我們那麼清晰底相遇
像磁波具體化現為一道聲音：「
來，別重複我
請更新我　唯一我——」

你的目光
你的唾液胃液膽液尿液精液
河流般迎向我　你的呼吸　你的體溫
還有你茂密的思想和意志

是的，你已經**如此完整**

堅決，具體

且錯誤地

迎向我了……

▪ 讓我為你解釋，你為什麼沒有肚臍？

10. 如何召喚下世紀的高潮

如何召喚下個世紀的高潮？你是無性生殖技術
的祭司　還是羔羊？——

但你只是以身試法般地
愛我，像幽浮
巨大如雲層的幽浮　降落
我被**愛撫太久太頻繁**的衰老體表
掠奪我的全部觸覺在我渴望被殖民的身體
撒下如蝗群組成的部隊
疾行過暗夜裡獨醒的我

——從此我是寸草不生的
即使是在我的夢境
我渴求的荒涼　焚燒徹底　焦土入地六呎
的**那種寸草不生**——

是的你必須如是
降臨我
如詛咒裡的瘟疫　穿梭各維度的幽浮
預言如是盛大：汝

必將如下個世紀的高潮

盛大降臨。

▪ 讓我為你解釋，你為什麼沒有肚臍？

11. 一如迴光裡的片片蜉蝣

一如迴光裡片片蜉蝣如何舞蹈，我們
也將如何行住坐臥
在黃昏即將沉沒的夕照裡載沉載浮
在新生的水畔豢養死亡的藻草
沉澱靜默的泥——

宇宙斜射的能量此刻正刺傷著我們
衰老疾病著我們
但永夜前我們也將清醒
看見蛻下的繭與斷落的翅
在空中狂舞如紛紛落著的雨過的櫻

——生命本身即是如此瘋狂
僅有的時光
我們只能瘋狂地找尋意義和譬諭
——終於迴光裡與萬塵齊舞的蜉蝣
同時安靜了下來
複製人，請停止
你輪迴不止的複製

陽光稀薄至僅剩的思考
也將停止了——我愛你但
你，我
該還要如何繼續

行住坐臥。

12. 於是便在孤獨裡完整

於是我們便都在孤獨裡完整。
我們早該料到的　孤獨
所有的答案都指向的，孤獨——只是
還不想這麼早承認，還想
多殘缺一會兒

誤解這人生多一會兒——
當細胞斜倚在另一顆細胞的善意
的無數個溫暖時刻
你的震波重疊著我的

——此時，於圓滿的幻覺裡孤獨感油然而生
那些遍地不擇地便大量湧出的
無謂的出生和剎時的死滅
我只想隨手拾起一葉
殘骸，完整的孤獨
一如死亡無須複製——

你的，我的
彼此互為迴聲

在相互聽見之後
耳朵
便自然永遠忘記了

如何傾聽。

▪ 讓我為你解釋,你為什麼沒有肚臍?

七‧星球紀事（1980~1982）

〔第一章　劫後〕

1. 最後的對話

你快走罷。快走。快點否則……
不。如今都已太遲了。知道嗎。太遲了。
不。我還是會消失的。永遠消失。
別再發問。快走。要快。
WS 那你呢。妳的方位告訴我。WS……

（此時有彈片紛紛刮過機翼，80 分貝以上的
刺耳的金屬噪音切穿我的耳機）

WS。我聽不見你。
快走。

（我扳下操縱桿，卻發現有兩具引擎熄火）
以後你將會知道
我所知道的一切。聽話。快走。

（太陽正逐漸轉紫，星系內核能已告用罄
外洩的宇宙線不時射透我脆弱的頭蓋骨）

WS。那你呢。你呢。
你說過的那些我不大能懂得的
但不為電腦接受的學說呢。你騙我嗎。

（一塊隕星超越了我，在前方不遠處
自行爆滅）

WS。你騙我嗎。

（會是核子大戰？冰河期復甦？否則
難道是太陽死亡，隕石來襲，行星互撞？）

快走。相信我。
你將知道我所知道的一切。快走。

（紊亂的磁場在機艙下方幻化著極光
地軸偏西，海水朝南傾斜）

宇宙無盡。快走。
但是。WS。我只有你。

（所有的頻道皆被強佔，各式語言和密碼
擁擠在稀薄的介質內急促交談）

你說過的。真的。你真的說過的呀。
要有一座絕對座標恆以愛為原點。

（艙外強光一閃，雷達掃描出一群群
高速移動的白色光點）

時空為兩軸。
（震爆過後，遠望得見的恆星
都遠在十萬光年以外了）

而我們同坐落一點。WS。你說過的。
你答應的一座標無法變換。

別再說了。你快走。
宇宙無盡。

（之後所有通訊嘎然而止。一片死寂）
WS。怎麼了。這宇宙。

（天線自行折斷了。WS，所有儀表一陣痙攣後
全部歸零。）

怎麼了。你不是說過永遠
和平領導諸天體
愛將駕馭群星嗎？

回答我。WS。

（宇宙正自行摺疊他的距離
時光走入隧道，電子脫軌
冰冷的熵值卻趨於極大。WS
我於零時出發向你⋯⋯）

聽得見我嗎。WS。回答我。

WS。WS。WS。WS。WS。WS。WS。

▪ 讓我為你解釋，你為什麼沒有肚臍？

2. 停 泊

——「你欲**尋找地球**嗎，回航或者……」
前座一向乖巧的電腦問道。這回
我毫不猶豫地關掉他。
「另一個？難道……難道是另一個地球？……」

這是他最後掙扎的問話。
生態偵測器早已唧唧作響，亮起一道座標——
我熄掉動力
讓前方陌生的引力牽引機頭

是的 WS，逐漸看清楚了
呈水藍色被雲霧重重圍繞的
一顆全新的地球

混沌。

稍嫌單薄的金屬外衣
譁噪不休的呼救頻道
因過度驚嚇而失靈的自動導航儀
瘖啞的天線。我疲憊的雙手

拈熄了閃爍刺眼的警戒系統
兩側枯瘦的機翼自我亂髮糾結的思維裏
徐徐垂出著陸的角度

些許彈痕和集中營的烙印仍盤在機腹，艙外
四處飄浮的記憶碎片
正成群朝重力場外逸失

WS。WS。WS。WS。WS。WS。WS。

（聽得見呼叫嗎？請回答）

此時
所有電腦正忙碌清洗有關你的記憶

（我們永遠的課題是**遺忘**）

而我曾耗盡能量思索著
你的存在
你嘲弄的文明　和陷你入困境的夢魘
那在左臂纏繞詛咒了整個世紀的
代表榮耀勝利的**徽誌**──

終於我撕下了，停泊下來
大氣在明昧之間，太陽升起
海水不安地翻騰，山岳流動著
波狀起伏的稜線

（星辰在北，雙月西沉
繼續我向內陸遷移，放任自己的
根著的植物本能──

慌竄亂舞的孢子群落
於一次驟雨前夕低壓的濕空氣裡
被苔草們急急吐釋──）

我遂在小數點以後十位尋找
未可知的生存機率

（WS 就是你了，一顆健壯睿智的孢子）

終究我們疲倦了
因為過度的思索和聯想
如果睡眠中你還能朝前張望，WS

替我在種族記憶底層
構築新的神話原型

（諸神的黃昏時，我們隱成玫瑰之兩瓣
巨人怯於多刺，神族敗於凋萎
永夜我們肩負僅賸的智慧和圖騰逃離
於混沌之初摸索著降生此一小小混沌）

和種種詩歌體裁的傳說
（禁植禁果的伊甸我們軀體交纏如蛇般戲耍）
和一點點無須加註的愛

之後我們永遠的課題是遺忘——
我先是忘了為何你要被縮寫
被放逐成一無法收播的磁波
繼而又忘卻和候鳥的盟約，自遺傳本能中
抹去歸鄉的路標。（WS，

我們回不去了。當我的背脊
佝僂如當初為你設下的那枝天線
別仍追問那顆逐漸遙遠黯淡
無由我們降生成長並隨即遺棄的地球

（看到沒？就在那兒。很美不是嗎？）

如今它漠寒冷寂的表殼，原先
我們豐美遼闊的居地，業已成為
美麗而盛產傳說的一道疤痕（WS，
想必原來的傷口更美麗呢……）

WS，很久了，如泉之復甦
體內第一次我覺察深邃的喜悅
裸裎嬰兒感觸原始的肌膚
落地生根的臍帶，虔敬領受
這陌生但溫潤潮暖的大氣底層——

一切待發的生命形式
漸次我將分解，一分子一分子地
為求完美無瑕的再結晶，
而孜孜重建自己的內裏。WS

你會是造物的雷電、雨水、熔岩、沼氣
和秘密降落的隕石斷續吹起的高溫季風——
我如最初無知的甲烷

於永無休止的碰撞中
偶然有輕便乙炔
強韌的氫鍵同結實的磷酸
前來攜手。遂以搭建完成的第一顆蛋白
催化生命的演進

在無垠靜謐的溫暖海洋如是孕育出
一生命形式繁複我們簡稱它作
愛。WS，說好了
如果它長成一朵花我們就稱作玫瑰
如果成鳥我們必賦予它青色的象徵
而後釋於你恆晴的雙睫；

如果成人，我們將不再離棄這顆星……

如果妳還能往前張望，WS

你應及早明白我們回不去了
真的回不去了……

3. 黑　洞

如果今晚氣象清明，風息止在同溫層
星群將會清楚照亮自己的神話。那麼讓我
重蹈最後一次太空漫遊吧。那次

自你鼻翼定位，仰望西北西
初晴的宇宙時光正開鑿隧道
金牛、牡羊、天蠍
尚未啟用的小站有顆乍暖的恆星停靠
我乃漸漸孵化
成一富於**象徵的穴居動物**

（宇宙原已規劃好的直角座標系
就在那時出現了四次元的詭譎曲線
一如彗星的行徑，巨蟹的橫移
一個動亂倥傯的時代就此……）

而當時觀望、等待、祈禱
不時遠處有高速的悲哀射線
破壞我失修多時的動力器

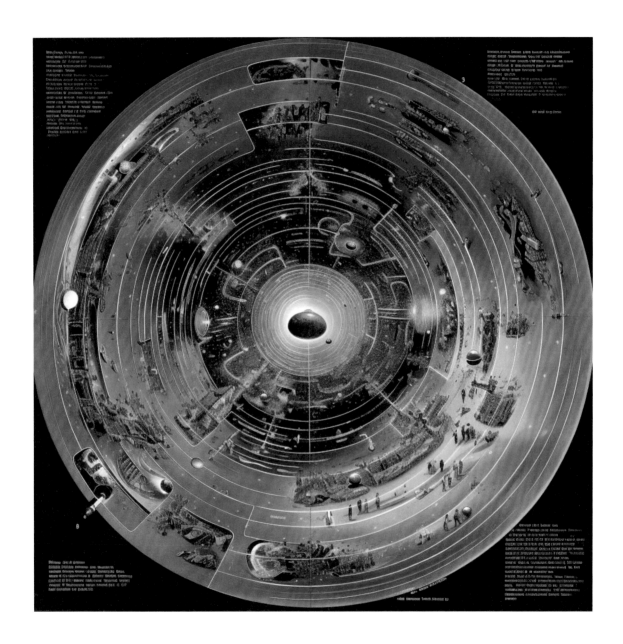

140 ■ 讓我為你解釋，你為什麼沒有肚臍？

（那是某種腐蝕金屬的記憶

原沉落東南的天秤便敏感地傾斜了……）

遂於追隨一意義不明的磁波途中

我駛離了原先相互牽制的重力場

據云那次是黑洞的成形

（光線走著圓弧

座標喪失意義

所有圖騰由是孕育誕生）

拋離軌道後

我以整座銀河的重量

換取一顆小星的光度

在你瞳裡，無止的溫柔的墜落中

成為一種存在於時空之外

懂得愛的穴居動物

■ 讓我為你解釋，你為什麼沒有肚臍？

4. 雙星

如兩條誤發的磁波找到相同的頻率
那次我們同在**星球爆滅場**上
撿拾一些被理性淘汰
垃圾處理站拒收，人們謔稱為
精神病變的遺體。——

你自東方，擁擠著海潮的國度
泅泳初民的智慧和喜悅。
我與電腦連袂而來，訝於
你的呼吸竟是**大海的氣度**——

（緘默著，我茫然換算你的眼神
成此時已毫無意義的數字與單位）——

石中有劍，你發現了
一手拔起，如年輕時代的亞瑟
幼弱而具神力
天賦的一種潛能：涵蓋著全星系
廣闊而縱深的同情、悲憫。我感動著
屈膝尊你為王
握你汗濕的雙手

如泥土溫柔包覆一顆
急速抽芽的種子——

接著天際出現**雙星**
相互繞行著掠過，因為同源
等量，又坐落彼此的引力範圍內
所以有週期漲落的光度
永恆不易的軌道——

W 由你命名，左邊的一顆
有桂冠釉綠的光澤；
S 我說罪將追隨
如蛇在伊甸
（這原是悲慘的宿命
你卻舉劍笑了）

WS：我將如此稱你
以為你的命運、我的身世，如**雙星般**
隔著漠浩時空
遙遙牽引

並彼此輕微騷擾。因此——
我也起了潮汐

起伏在夜裡
我們互黥以玫瑰
在胸前，心瓣湧動的位置
賁張起血流的熱度
於此匯集全宇宙僅有的溫暖──

（WS，我流淚了
在光潔的記憶裏留下兩道長長的銹痕）

臨別你說
我們將會是光。有質點和
波動的形式，質能互換的內在──
即使是在黑洞中

我說我不懂。但從此
我所有的頻道皆朝你呼叫著──
詩歌、童話
和有關我們的傳說
以光速在廣寒的宇宙中行進

（WS，妳會在每顆向我眨眼的星星上）

我們將會是光。

WS，我會懂得的。我說。

〔第二章　傳說〕

1. 玫瑰變種

——心靈的某一點
　　使生與死、實在與想像、過去與將來
　　不再被視為矛盾

當龜裂的石牆首次洗出幾顆**帶齒痕的種子**
以及原始品種的玫瑰浮雕（甚或有完整的落瓣）
我高舉雙手宣告長期考古工作的結束：

結果出現了！**有足夠的證據**
證實我夢境裡的少年
他降生、愛戀及老死的**永久居地**是不存在的

（城門外頭一棵老朽的櫸樹也高舉無葉的
細瘦枯瘠的臂膀抓向天空
似乎在失掉所有之後，仍死命地索取
一點雲彩一顆星球
或者其他什麼足以覆體及炫耀的）

我沿古老而直接的記載，洪水洗過的象形文字
逐頁辨認陸沉的因果——
一富庶且盛傳愛情詩歌的城邦
如何興起、沒落，終至戰爭、瘟疫
燬於一場天火的故事——

（那少年抬起頭來，幾絡濕髮垂落額際，
——蓬壯碩的樹根深盤在那對泛青的眼白裡：

「我必須走了。」

順著潮水他漸游近湖心，將藍色月光波波盪開
如一尾鮫魚。
臨走前他凍得直淌淚水，指著身上光閃的鱗片
和披附的苔草低泣：
「我是受過詛咒的。」）

所以我高舉雙手宣告：
我已成功地證實末日、混血嬰兒
和焚詩的肉食植物
都為玫瑰凋零所象徵——

152 ▪ 讓我為你解釋，你為什麼沒有肚臍？

那些為愛情悲悼的輓歌裡的戲劇成分是**超越後世**
早熟而散佚已久；
我們曾揮霍無度地援引
古代種種淒絕美絕的典故
終皆證實出自文明結束之後
玫瑰變種之前

（那麼少年必曾由夢境中走出

取走了我那本**愈編愈薄的藝術史**）

2. 薔薇戰爭

——正因為我們有藝術
　　　所以不致被真理所毀滅

WS，某個時辰，一朵一朵
戰爭的**亡魂又都回來**，你瞧
勝利雖不屬於我們　始終
我們並未敗落。流失的鮮血

滴滴灌溉起外廓成野成野的薔薇
攀牆進入這受詛咒的荒城

（歷史的鎖呀沒有鑰匙）
以重重棘刺護衛著他們
無人知的墓塚

WS，攻城那當兒我正擁擠在廝殺的人潮裡
吟誦**雲雀與夜鶯**
待血水如潮遠退，甚至
以僅存的兩卷詩頁為兵士包紮傷口。WS

▪ 讓我為你解釋，你為什麼沒有肚臍？

我忘了情緒化的歷史劇
將如何詮釋這次仇恨、屠殺
和謎樣的滅絕。（城陷了……
又一個城陷了。我的歌聲始終不及瘟疫蔓延的速度
夢裡我從馬上跌下，
遠方哭泣的七絃自黑暗中
傳來一斷一續絞緊我頸項。）

那夜有人踉蹌走過
拎起我的頭顱
隨手扔進被時間遺忘的角落。WS

在那兒，我重新發現你。

（還記得我曾是多麼傑出的吟遊詩人？
僅那七絃可以是我的一生，
高歌呢喃誦讚詛咒
還可以愛。）WS，

你精鋼的盔甲我曾暗自刻上
一朵飄繫著絲帶的薔薇標誌
做你我共同無悔的命運——

（當猩紅的花苞一瓣瓣吐出
重重累累的嬌蕊
我情不自禁地俯身　輕嗅著——
你卻伸手摘了它
在指尖刺出了血……）

請放妳的馬兒在水草豐澤的南方
我們回不去了。被命運放逐了的荒城
埋葬著久被人們遺忘的結局
殘缺的英雄故事（是你的部分泯滅了，WS）

城門上立著的
兩尊戰火毀壞的神祇。
熟美的軀體依稀可辨
且有一只銹矢嵌在斑駁的瞳裡

（喔，那我們依舊傷著）那姿勢——
像是眺望著什麼
傾聽著什麼？遠處廣場上
戰爭的亡魂正列隊唱起古老的軍歌
隨季移的旅鼠跨越海洋，這意象——

（WS，我們好像憶起了些什麼……）

喔不，不，那姿勢
只能像是在守著墓

而你在指尖刺出了血
我們後來就都哭泣了……

3. 情　寂

一夜看管滿空服馴的星斗
讓我們仰臥一如
遠古時代智慧的牧羊人
精於曆法、地理、卜筮
和種種關於諸神逐漸沒落的後來——

整夜我們沿行經的道路撒下蕎麥的種籽
從死海汲水灌溉
那龜裂的月球，有溝渠引來月光
沿我們居住的穴室流過
養出幾株夜裡開花的
藥性未定的刺果樹

（我們夜耕、貯糧、撰著，偶爾
也和漠地的水草一同俯首祈禱
雨季，以及其他……）

果然食麥的青鳥如期地跨過陷阱
翻飛進已經黎明的曠野

精心打造的兩具石棺裡；

我們同時穿戴起爬滿月光的孢子
「哪，看到沒？」我指著：「那東方……
十光年前的一顆小星
於今夜首度自焚……」──

遂堅持以一顆石化的種籽
和空寂的捕鳥籠
做我們僅有的行囊──
讓我們共同仰臥一如
遠古時代智慧的牧羊人

除了傳說
一無所有

164 ■ 讓我為你解釋，你為什麼沒有肚臍？

4. 星爆

——不要做落寞約守墓者
　　我不過是開始也有了季節、潮汐
　　回去順手摘朵小花罷
　　那裡頭有我。

WS，有一天
我的詩、我的惡夢、我的失落、我的我的
可憐的自憐
終都要成為過去——那時
讓我們共同往赴一顆尚未定名的水行星
做我們幻想及焚詩的永久居地
並將往昔的**輝煌**遙遙指成
漸冷漸沉寂的星河——

那是七月，西天隱約可見
第一次血紅的星爆，我們共同譜就的樂章
因此有了很長很尖銳的休止符——

（WS，讓我們繼續專心作曲及做愛
且梳洗妳的長睫和白髯

▪ 讓我為你解釋，你為什麼沒有肚臍？

褪了標誌的華袍）
往後蹣跚的世紀，我們崎嶇的星球表面
將只覆滿苔草和晶蘭
我們依記憶建築的遊戲城堡（WS
種種古老有趣的圖騰終將泯滅失傳
當它僅僅曾是**一種遊戲罷**
一種只有我們會玩卻又都輸掉的遊戲……）

那麼當我死後，WS
便是這顆星的**名字**了
蔓延的戰亂逐步將取代宇宙原有的秩序

（不要做落寞的守墓者
我不過是開始也有了季節、潮汐
回去時順手摘朵小花罷，WS
那裡頭有我）

聽我說，我勇敢的憤懣的 WS
請允諾將你舊銹的長劍插在我墳前
在你離去後的短暫寧靜裡
它將立著標誌正義和

愛，

如這顆 WS

〔第三章 人類的故事〕

1. 人字雁

（WS，聽得到我嗎？）

我正回到距離十個世紀
十個光年的地球上空
順著最後一次東北季風，朝溫暖飛行
彷彿是白黴盤據腐敗的屍首
厚重冰雪由兩極抓向銀白的赤道。WS

這無法抗拒的第四冰河期或者你不甚了解——
（僅僅是一回首
便兩鬢霜白）
那是一種僵冷的抽搐從眼角
緩緩溢漫向我扭曲如問號的脖子

（我便不得不舉翅了）

沿結冰的葦蕩傳來遠處海洋的微弱氣息
磯石坡道佈滿冰河沉緩踏過的腳印

而換日線前人類卻**再無法舉足了**

（WS，你的方向是命運無心寫下的謎）
如解甲的棋子我只是不斷朝溫暖
朝地平線陷落的一隅遷移
彷彿背後有智慧的巨靈正苦心思索
如何推引我進入**既定的殘局**──

那日金屬離子的海洋有史前
長毛的冰獸朝我們襲擊，WS
始終我們堅持一個完整的
人字隊形陡地潰散──

（如颶風捲過，我們無衣蔽體
無火取暖，更**無語言呼救**）

你沿隧道落入疏離的廢棄礦星
（所有掘礦人的意志皆被埋入地下）
我奔逃向一座熄火的燈塔
（從此我盲於**一切**，除了愛）

所以了，WS，永夜的劇寒下

我的思維逐漸結晶
有敏銳整齊的稜角折射情緒
（我的幻想是血紅的，悲哀還要更深些；
憂鬱則是猥褻的夜黑，而愛
竟透明無色）當陽光撤退
留一道彩虹標誌世紀末氾濫的雪霽──

WS，那並行的七色光束
驀地我只能模糊聯想起一種被人類
作為政治口號和革命理想的
稱作**尊嚴的感覺**

（那人字陡地潰散，我無由淚下）

於是我匆忙藉第十三代電腦向你傳送**疲憊、取暖**
以及迷航的訊號──
我呼救（WS，聽得到我嗎？）

並懺悔（一種**尊嚴如人字潰散**）

而我繼續要飛行，在冰河急劇變遷的世紀
繼續要在天際**寫過一個人字**

缺氧潰散的大氣
戰後成堆未處理的和平鴿屍
難以辨認的破散徽誌和沉默的隕星

幾艘耗盡動力的搜索艇正停泊巨蟹的螯灣
這低溫冷藏下仍要腐敗的地球
我雁般行過，本能地
朝著溫暖遷移，WS——

彷彿是在時空交織的棋格上遊戲著
只第一步

我們便都輸了。

2. 西部公路

在遲誤多時的黎明降臨之前
我停靠在**潛意識泛出**的荒涼邊地上
一條**癱軟**的星際公路起點
依古老的旅行指南找到
墾殖時期的牧場和水源——

曾經**野生馬群**會在夜半回到這裡
嬉戲、飲水、放聲嘶叫……
並喜歡靠在山毛櫸上
粗糙樹皮磨擦著頸部的那種感覺

WS，不要嘲笑此時我手中套好的活結——
西天一度輝煌的馬頭星雲早已湮沉
散落的衛星殘骸一路朝南方回溯
整部失修的西部開拓史。

僅僅一塊巨型**禁止進入**的路牌提醒
百年前失敗的太空殖民計劃——
殘存一株仙人掌始終冷冷地尾隨我
身上釘掛著嚴重輻射污染的告示

（WS，據說仙人掌都是同時間死去的

同一族類於同一瞬間，

自歷史中消失是那時期流行的喜劇收梢）

後來和肉鮨魚同被稱為一種化石。

於地圖紅色區域菌生的

遠離了公路的無名城鎮

曾經聚集了戰後所有罹患幽禁恐懼的城市青年

和隨之而來的自閉幼童，成群地銠烙

在那棵著名的吊人樹下排列成一謝幕的景緻——

（一個時代就如此收場。掌聲……）

（WS，記得我胸前的玫瑰紋身沒？

一次失敗的人性改造手術之後

便如這片沙漠的逐年擴展，WS

於掌聲中它正好蔓成盛開的樣子）——

終於我駛離了原先牛仔們趕集的路徑

隨逐漸乾涸的歷史（先是彼此踐踏著湧來

擠進沙漠中撐開的核子防護傘

然後在**恐懼的陰影**下成群渴死）
踏入雨水豐澤的試爆場地

（自那夜蕈雲朵朵暴長之後便都寸草不生了）

這是公路的盡頭，再往前
則走入洪流，文明沒入流沙
禿鷹漫天爭食，這是世界的盡頭
戰事的起點——

曾經野生馬群會在夜半回到這裡
嬉戲、飲水、放聲嘶叫
並喜歡靠在山毛櫸上
粗糙樹皮磨擦著頸部的那種感覺

3. 肉食植物

WS，讓我們來重新溫習一遍
人類所有的苦難和愚昧種種
自戰爭、晚報、球季、鹹濕電影等資料
和　　詩——

當第三個太陽亮起一個適溫的白日
我們循青鳥最後一次季移的途徑西行十里
在輻射塵的碉堡旁紮營——
如果夜裡有隕星來襲
我們可以有一場假想的狩獵，甚或
調理我們的晚餐，一向共食的月桂樹葉
因此會疊印上更多腥氣的齒痕……

（本來我們是一種肉食植物，也胎生、感應
嗜血、思考，依進化原理
每每在做愛前研讀心理學等等）

當伸展藤葛向沿途健碩的屍骸索取
任何足以激起快感的彈頭或箭矢

我們心靈的對談
不時出現鋸齒形的雜波干擾

（誰還在朗誦詩？至今仍有搗亂份子活動？）

一向蜷伏在書頁原始角落的
一向被援引解釋種種神話、象徵、墮落、夢囈和
精神官能症的文字，我們將更小心地
扼殺消毒並製成容易辨識的標本
以供後世**咒罵並唾棄**──

（但是 WS，如果我們這個星球在另一個時空
或曾我為你寫過一點點詩
一點點曖昧矇矓不怎麼押韻對仗的文字
請別因此鄙視人類，那是發展令人困惑的錯誤文體）

即使智慧如你也不曾體會的
劇變下未曾秩序過的星球
善美曾驅使它一度自焚
為了適應冰冷，我們得摒絕陽光和雨水
將詩的屍毒和

愛，

自此放逐。

4. 混血嬰兒

——請不要以數字將我歸檔
　　我並不是背上貼有號碼的自由車選手

我並不是背上貼有號碼的自由車選手。
WS，雖然我的身世向來
只須在履歷資料卡上
填上我的智商——

自那次母親有意跌落精子池中
和一具懂得作愛的電腦受孕
我即在切斷輸送程式的臍帶後
成為戰後最後一名
通過智力測驗出生的混血嬰兒

（WS，你有血統證明書嗎？可以獲獎的）

之後我曾向一棵櫸樹認同，喊他兄弟
高舉雙臂的姿勢是祈禱
躺入泥土為再生。同時
風媒不斷在我身上撒滿精子

（後來是一隻交配期的甲蟲惹惱了我
WS，這才明白**四季**是我早已退化的本能）

之後我和一部電腦結婚
每夜我顯影在終端機的螢光屏上
興奮地閱讀**硬蕊**的速成定理
然後絕望地自慰——

（WS，後來是戰爭燬了我的婚姻。那次我
一把砸燬他灼熱的性器然後成為**極端的**和平主義者。）

之後在電腦戰爭的末期接受心理治療
瘋狂愛上一枚螺絲釘
在生產線全面罷工浪潮時
間接導致動力系統的癱瘓
於是工業考古學附頁上的插圖中
我是**一種機率**

（我的任務是為一個良知淺薄的時代製造難題
如性無能和音樂神童等）

WS，相信我所曾努力過的

甚至嘗試分析愛的**操作型定義**
生化效應以及催化劑

並嘗試以邏輯推論人類和電腦的成長極限
基因工程的突破發展，
心理學與神學的結合……

值得一提的是我在神龕上**裝置了真空管**，WS
只要你願意我幫你尋找上帝的頻道
我的結論很簡單：
這文明被強姦了。

（而我發明了**處女膜整型術**。）

於是我的病歷成為頭版
終究人們以智商稱呼我：

一種螺絲**報廢的機率**。

5. 死囚之日

──除了愛我們什麼也不帶走。

今夜我從佈滿標語和迷幻藥廣告的囚房回來
為採集到幾首因烽火而病變的童謠
兀自欣喜地編唱著──

WS，那時已長出新生嬰兒臉孔的死囚們
成群如墓碑般仰立，上空
殺手衛星系統正逐漸解體
午夜起人們將被正式剝奪調整時間的權利
強迫性人格的塑造接近完工，我們舉杯同時
以斷面掃描出內在懼光畏寒
且擅於掘穴掩藏的意念（WS
這是器官移植後常見的輕微排斥現象）

亟須銷燬的符號偶爾會在腦門
浮現幾朵靜脈血狀的保護色。於是最後任務的執行
如彗星的光帶如期掃過
星球的黯面。我舉旗自意識流的下游出發
沉浮溯源清洗乾淨的臟器

充血賁張的心膜緊掩住記憶轉換的機制
一艘不明國籍的探勘船正噬咬著暗紫的肝葉
沿途所有叛變的增生組織伸出偽足
吞噬正迅速僵化的自衛機轉（WS
聽得見我嗎？試管嬰兒的心理學成為暢銷書
我想也將是新的聖經）——

我提起剖屍刀指向電波微弱的腦前葉
更深邃黝暗
酷寒的內裡

終於我自淚腺一隅浮現，宣告手術結束
（WS，請你哭泣）
偌大的圓瞳我們隔著水幕對望
當陽光將彩虹射向虹彩，我感覺出
你睥睨的眼神彷彿重申

人體進化的不可超越——

（他們說由於未能完全消毒人性
所以種種併發症使死囚們幻聽著詩歌
幻象著末日）

而我仍無法確定靈魂

和愛的解剖位置——松果體或其他

更隱蔽的腺體皆已停止代謝

萎縮成老死的色素細胞——

戰事正突破衛星的防禦進入大氣

WS，死囚們必要在火線逼近刑臺之前

寫完這世紀標本上的詳細標籤

（他們不知道那叫做自傳）

當第一隻超速進化的細菌接近地球表面

我們終究未能免疫

而落入自己設下的輪迴

（有機組織與金屬零件的融合終歸失敗

我們的情緒與記憶的機制

逐漸因銹蝕而出血、壞死）

霍路斯之眼正冷冷注視著被囚禁著的

半途而廢的木乃伊（WS，

海水如龐巨的貯屍槽

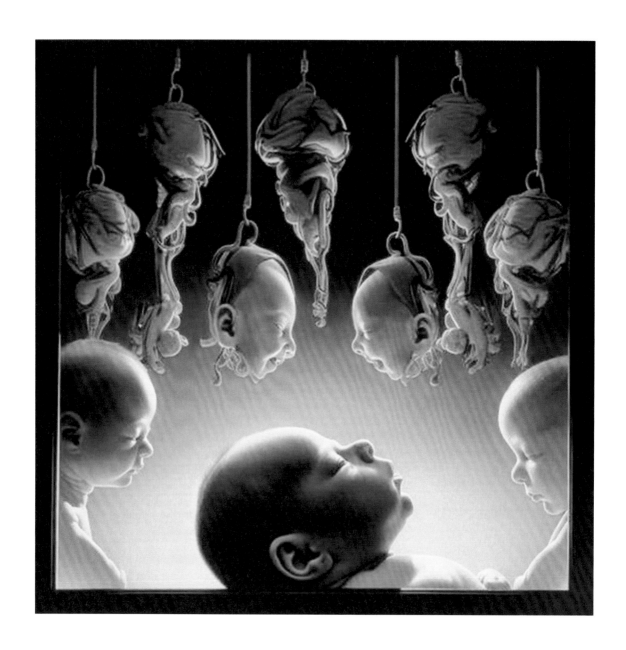

一遍遍以防腐液沖刷帶菌的地球）

白色的死亡如末日的隕石降臨
在我白色的手套中
WS，我感覺我正顫抖著──

之後我從一個無菌的星球醒來
（這你我都已厭倦的時空）
仰望你皺縮的臉孔──
它是今夏我眺望整個星空
惟一帶有神話的恆星。WS，你說
健康和死亡的臨床定義修定了，我們對未知
對感傷仍**缺乏抗體**，
仍要在行為病理實驗室和因回憶及思索
所迸發的**種種幻象**搏鬥下去──

迷航於擁擠呻吟的帶病星群間
我選擇你最後離去的航道
在路旁坐看你的一生

（你要它無悔，我要它無憾
而遊戲規則是不許回頭）

然後不斷有星系衰老、爆滅
隨震波湧來陣陣濃重的福爾馬林
迫使我上路（當我途經一死去的星雲
無意瞥見一具玫瑰紋身的腐屍向我招手
我清醒了，WS，我以為看見了你）

隨著無人記載病歷的時代走入盡頭

（我在盡頭高喊：
呵如果容我回首**容我重頭再來過。**）

這就是診斷結果。一度是
狂熱的革命份子、戰士、宣傳家、和平主義者
軍火推銷員和下落不明的難民群落——
WS，讓我膜拜那些健康卻死因
不詳的遠祖們，（並隨即與之隔離。）

當我們不再仰賴精神分析術
如培養皿般豐美的大地將在宇宙某處升起
那混沌之初的生態僅僅
容我們重頭再來過——

WS，反映自死囚眼視網膜中的
我們展翅成神

（他們說死囚幻象著末日）

除了愛，我們什麼也不帶走

（除了死亡我們什麼也帶不走）

6. 末　日

回答我 WS 昨夜有陣陣隕星成雨打在頰上我在你的夢域轉
醒觀察全然陌生的天象你額際不斷有星宿相繼落海我輕
喚著 WS 聽得見我嗎是末日景況臨降了我久旱的雙瞳頓時
化成兩顆盛產醇酒的星球酩酊的髭狼座的嗅息馴服地伏
在左胸嗥嗥狺狺沿腹溝直往鼠蹊尋找荒廢了多年的獵徑
狺狺嗥嗥喔我記起了那顆愈脹愈大愈炎酷的太陽你在月
球的暗面停駐凹凸多稜的體表有急劇變化的溫差我有些
迷惑起來不時感到燥熱又極度受凍這走樣的季節我只好
靜靜伏著伺機吞下一些較為弱小的恐懼 WS 那次日蝕時你
的影子猛地攫住了我瘟疫呀！我喊道瘟疫呀黑暗如蝗群
撲翅降臨我翻身睡入另一場夢域讓許多記憶洩入天宇成
迅速消失或變造的星座 WS 你哭了我艱辛地在體表往返
梭巡有幾處潰爛的角落你的玫瑰紋身落瓣了我把僅有的
幾顆種子罐裝冷凍之後再提高體溫偶爾也尋找我們的雙
星乍明乍暗地閃現 W 引自金黃的桂冠 S 逃離出伊甸呵呵你
真是條蛇呢懂得音樂的銅蛇節奏地蟋嗦自冷漠的星球引
渡末日前的幻滅一顆顆如泡沫慣性等速飛行原是成繭成
蛹的囈語禁不住觸覺上的快意便都破了我激喊道瘟疫呀
以超速的心音敲打起你已封閉的心房瘟疫呀終於蝗群如
雲翳冷然自背脊細細囓咬你自再遠的那顆星抬頭凝望我

■ 讓我為你解釋，你為什麼沒有肚臍？

嘴角滲出的殷紅灘成一塊屬於你我的土地末日前你又嗅
著回來猁猁嗥嗥地我說太遲了這廢止已久的曆法我們能
再耕作些什麼氣候**早譁變攜來霜雪**在七月流火在你肥沃
的肩胛難道我們能收割玫瑰 WS 有人釘掛安樂死的廣告在
你小腹我不由得嘔吐了金屬塑膠玻璃纖維和其他聚合物
阻塞血管和幻想的新陳代謝我呆滯地閱讀戰爭隔著星系
觀察光年外你蛻變的軌跡雙星從此又是兩道不同時空各
自運轉我以雙掌左耳貼地察覺逐漸泛起涼意的體表漸有
霜覆將進入冬眠了 WS 以後僅有些黑子活動干擾你的思念
和潛意識底層的情意結 WS 聽得見我嗎每個星相離奇的夜
晚我仍豎起天線靜候你的訊息　　阿門

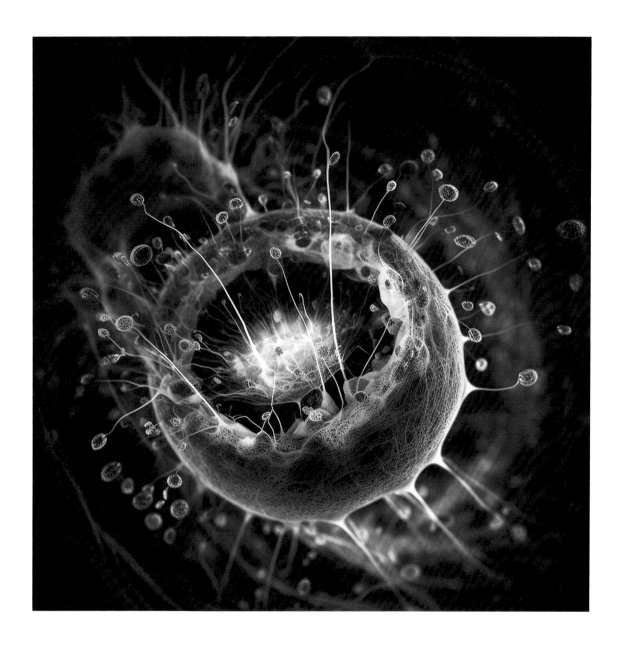

〔第四章　新生〕

1. 人類的故事

（WS，告訴我一個真實的故事要真的。）

否則給我一則童話罷，羊水般的
我便不怕跌擦，還要再長大
再進化，由胚胎
組織和生理學
再邁進未知的領域

這是一則童話。真實可考的童話。
我在這兒回想，如臨河
眺望遙遠的銀河對岸
偶爾飄過一隻求救訊號的瓶子
一尾受傷奔逃的魚
皆不妨礙此時我靜美的沉思──

靈感孢子在此，根著
發芽了。這陽光多雨的生態
我微微發覺沉睡的內裡

醒過來對他微笑著
打個招呼
那麼，我是獨自走入
自己的演化方向了。不過

先寫好一則童話
沒有漂亮的公主和王子，沒有
（WS，你我都不是的）
巫婆和巨人，沒有寶劍和魔環
死亡
也沒有——

然後你告訴我，WS
這就是**人類的故事**了。無需忠實的描述
公正的評斷也不必
要如童話般
供我感覺、想像、馳騁
最好也容易朗朗上口——

而我終要走入自己的演化
再見了，人類。雖然
並未領悟，但我不作預言

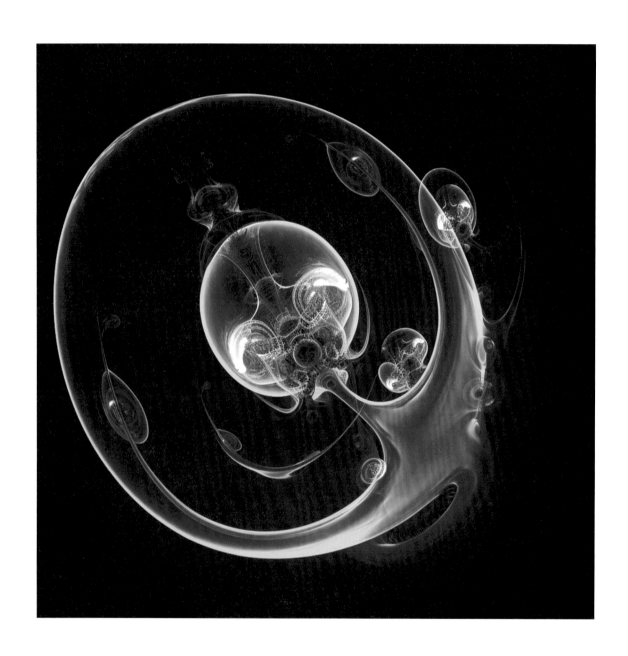

再見了，WS。我不再耽溺於你了。
如我不復記憶
遺忘了該要遺忘的課題

（就讓一則童話成形
我好生於斯、長於斯
葬於斯——）

再見了，WS。我不再耽溺於你了。

▪ 讓我為你解釋，你為什麼沒有肚臍？

2. 擊壤歌

WS，今天我們將什麼也不耕作
要在太陽尚未爬上東岸，尚未擦乾身子之前
撒下解凍後的種子
然後齊以左耳貼地
讓七尋以內的砂礫
雨水和腐植質
皆感知我們的心跳
和祈禱時的微溫——

直到太陽牽著我的影子越過山谷
我行至面海的一塊巨巖下
將昨夜的星象詳加記載：
芒種夏至，微雨白露
還有青草的身高
果實的胸圍。WS——

捧起一把你腳跟下的泥土罷
請你**細讀他的臉孔**
而不要嘗試分析土壤的結構
（那冰冷的礦物質、空氣和細菌的比例

▪ 讓我為你解釋,你為什麼沒有肚臍?

怎能完滿解釋

大地所愛唱的那首歌？）

是的 WS，聽見了，晨曦中

簡單的主旋律從雲翳裡出來了

（我總是先聽到樹群和山陵們的合聲）

潮汐為永恆的節拍

春花

秋實

我們也即將有歌：

日出而作

日入而息

太陽在前我在後

WS，聽我擊壤而歌

日出而作

日入而息

太陽在前我在後……

八・時代巨輪

氣溫驟降的冬日午後
驅車經過市區一座廢棄遊樂園
濃墨渲染的天空下
一座無人的摩天輪──

在凜冽北風吹襲下
紋風不動
像焊接在地平線上的**一隻飛碟**
想起一句作文慣用的八股：
「**時代的巨輪不斷向前滾動…**」──

我把車停下來
彷彿
這時代不斷滾動的巨輪，暫時

一動不動。

2018，12，12
2023
2024

九‧文明斷片

長途飛機上你吞下幾顆安眠藥
之後醒在異鄉某個旅館房間

（中間斷片）

你睡在一張凌亂的床
好似躺在一張撕碎的地圖上

（中間斷片）

所有的夢被攤開曝曬
行李和你的臟腑暗中被翻動過

（中間斷片）

你試圖掀開窗簾但瞳孔失焦
你只看見花和白花花的太陽

（中間斷片）

你記得和同伴約在大廳
當你匆忙跑下樓他已在 Check out

（中間斷片）

你從背後盯著他
像打量一個外星人，心中默念：

（中間斷片）

「……回頭……這將會是你對人類文明的
最後一瞥。」

（中間斷片）

但你終究沒看見他的臉
因為中間斷片。

2015，9，8

2023，5，3

2023，12，29

2024

十・人類為什麼看不見外星人

你相信真的有外星人？
外星人來過地球？——
如果有
為什麼人類看不見？

地球看不見月亮的背面
人也看不見別人的夢
上一秒的流過的河
藏在唇邊的念頭——

我們無法預知
生活裡早已埋下的線索
每當你心門推開
房間那一閃而逝的黑影——

雨後天空一碧如洗
那青色其實早已被編號——
每一朵白雲才出生
卻都污染著滄桑

一如外星人向我們微笑招手
發出密碼般的電波
但我們只對著
一則又一則幽浮新聞大笑——

不曾懷疑這世界原是座佈景
如果掀開天空
背後原來藏著**天眼**
千千萬萬顆望向自己的鏡頭：

「是的，我們早已被外星人滲透，操控
殖民——」
只是我們看不見
一如眼球看不見自己的凝視

只有外星人每晚默默立在
每個人半夢半醒的床邊
為了被今生今世
所深深催眠的人類

一再探訪

早已被宇宙遺棄的地球。

2019，9，10

2022，1

2023

十一・與外星人密談

1. 靜靜底記得

那時是人類文明的嬰兒期
經歷過大洪水
外星人初次降臨
剛剛浮出水的地球：

「澇後必然大疫…」
外星語如是說——
但在人類的耳裡聽起來
卻是：「地球已是一個村，

無人可置身事外，你當要
憐惜你的鄰人……」
外星人手指著夜空
血紅的一顆眼睛

：「火星上也曾文明繁盛……」
而人眼所見

卻是一顆千百年後
死去的地球

消失的鳥獸蟲魚
萬物不生的荒涼絕境，還有
滿載生靈的方舟
因人們搶奪救生艇而一一覆滅

之後，靜靜的水面——
像地球表面的一滴眼淚
那是天地間
永遠的記得

2020，2，18
2023

2. 元凶

最早他們說冷媒是臭氧層破洞的元凶
於是我們悄悄調高了空調溫度

之後他們說是畜牧業牛羊糞便
於是我們努力吃素

之後他們說是排碳量
我們便隨手關燈節能減碳

之後他們說是過度砍伐森林
於是我們少買襯衫力行無紙化

之後他們說海水裡漂滿塑膠微粒
於是我們禁用塑膠袋

甚至
一枝小小的吸管——也不行，可是

2023 我們依然迎來人類有紀錄以來
最酷熱的夏天

我們在垃圾充斥的沙灘上
剖開一隻暴斃的海龜

發現他肚子裡
塞滿了所有人類生活的用品

還有一具形似人類遺骸的不知名
古文明物件。

2019，10，23
2023，7，16
2024

3. 你不要太晚睡

我知道此刻你還在划手機。不要問
我就是
知道——

（白晝苦短
何不
共同秉手機夜遊？）

讓屏幕非情的光引領前途
射在你臉上，進入雙瞳
照亮你年輕的夢——但是

你不要太晚睡了
不要晚過我——也許
睡著以後我會是另一個我

陌生得一如
所有你在網上認識的人，一輩子不會見面
虛擬城市煙硝四起

看不見的病毒肆虐

真實的血。

痛苦的喪屍隊伍，從四面八方湧至

我身在其中不斷索求

新的傷口——新的傷口——更多傷口——

你不應太晚睡

如果你還醒著而我睡了

你莫要

前來探究我的夢境。

2024

▪ 讓我為你解釋，你為什麼沒有肚臍？

十二・我撿到一顆頭顱（節錄）

之後我撿到一顆頭顱。我與他
久久相覷
終究只是瞳裡空洞的不安，我納罕：
這是我遇見過最精緻的感傷了
看哪，那樣把悲哀驕傲噘起的唇那樣陳列著敏銳
與漠然的由玻璃鐫雕出來的眼睛那樣因為痛楚而
微微牽動的細緻肌肉那樣因為過度思索和疑慮而
鬆弛的眼袋與額頭那樣瘦削留不住任何微笑的頰
──我吻他
感到他軟薄的頭蓋骨
地殼變動般起了震盪，我說：
「遠方業已消失了嘛？否則
怎能將你亟欲飛昇的頭顱強自深深眷戀的軀幹
連根拔起？」

之後我到達遠方。
一路我丟棄自己殘留的部份
直到毫無阻滯──直到我逼近
復逼近生命氫的核心

▪ 讓我為你解釋，你為什麼沒有肚臍？

那終究不可穿越的最初的蠻強與頑癡：
我已經是一分子一分子如此徹底的分解過了
因而質變為光為能
欣然由一點投射向無限，稀釋
等於消失。

最後我撿到一顆漲血的心臟
脫離了軀殼仍舊猛烈地彈跳
邦浦著整個混沌運行的大氣，地球的吐納
我將他攔進空敞的胸臆
終而仰頸──

「至此，生命應該完整了⋯⋯」當我回顧

圓潤的歡喜也是完滿。
傷損的遺憾也是完滿。

十三・鋨實驗

悄悄我在你體內置入一顆發光的

鋨元素。當相衝突的

兩道血流在你邏輯迂迴的軟體裡

初次遭遇，額頭陷入了長考

鼻子觀測心靈

有一座迷你的星系圍繞著思想的鉛筆，

終夜打轉，啊是否

遽然發光的左右大腦半球

暗示著地球本質的從此撕裂——

當毒癮發作的知識份子亟於選擇一道潮流

跳入，幽浮撞毀在十字路口

旅鼠於城市廣場聚集

午後的祭神儀式裡 image created by Jo Wu

精液驟下如雨——

這世紀末最大規模的祈雨呵

心靈交會的電流紊亂

我看見，悄悄拔下插頭的人世

漸漸沒入一種看不見的黑暗裡

空洞的建築只有

衰竭的心音迴盪其中，我也不問
你胸中是否有愛
只有那顆鋨元素讓我輕易
在遠隔著一百場核爆與酸雨
之後
將你的屍骸
輕易辨識。

國家圖書館出版品預行編目（CIP）資料

讓我為你解釋，你為什麼沒有肚臍？/林豪鏘、陳克華
合著 .-- 初版 .-- 新北市：斑馬線出版社, 2024.07
面；　公分

ISBN 978-626-98630-1-3（平裝）

863.51　　　　　　　　　　　　　　　113008264

讓我為你解釋，你為什麼沒有肚臍？

作　　　者：林豪鏘、陳克華
總 編 輯：施榮華
圖片提供：林豪鏘

發 行 人：張仰賢
社　　長：許　赫
副 社 長：龍　青
總　　監：王紅林
出 版 者：斑馬線文庫有限公司
法律顧問：林仟雯律師

斑馬線文庫
通訊地址：234 新北市永和區民光街 20 巷 7 號 1 樓
連絡電話：0922542983

製版印刷：龍虎電腦排版股份有限公司
出版日期：2024 年 7 月
Ｉ Ｓ Ｂ Ｎ：978-626-98630-1-3
定　　價：520 元